Kröskenskisten
Band 2

Von Anja Rosok

Bücher mit der Titelei „... *Beziehungskisten* ... " gibt es mehrere. Eine Alternative musste her.

Ein „Krösken" ist ein Verhältnis, eine Liebelei, im unbefangenen Sinn eine Beziehung, meist heimlich, verborgen, im stillen Kämmerlein ausgelebt. Im ersten Band der Kröskenskisten wurden die fast harmlosen aufgedeckt, in diesen wird es verborgener. Versprochen!

Natürlich sind dies fiktive Geschichten.
Alle Charaktere, Namen, sämtliche Orte, Handlungen und Dialoge sind frei erfunden. Ähnlichkeiten mit lebenden oder verstorbenen Personen und ihren Reaktionen sind rein zufällig und von der Autorin nicht beabsichtigt.

Viel Vergnügen beim Lesen der einzelnen Kröskens.

Kröskenskisten

Kurz (-e Beziehungs-) Geschichten
Band 2

Von Anja Rosok

Bibliografische Information der Deutschen Nationalbibliothek: Die Deutsche Nationalbibliothek verzeichnet diese Publikation in der deutschen Nationalbibliographie; detaillierte Daten sind im Internet über http://dnb.dnb.de abrufbar.

1. Auflage, Juni 2019

© Anja Rosok / Alle Rechte, einschließlich das des vollständigen oder auszugsweisen Nachdrucks in jeglicher Form, sind vorbehalten. www.anja-rosok.de

Herstellung und Verlag:
BoD - Books on Demand, Norderstedt

ISBN: 978-3-7431-0418-1

auch als *e-book* erhältlich

Inhalt

Ich will ein Eis	7
Sonntags	9
Kribbeln im Bauch	19
Das Cornard Küken	21
Angelos Eiscafé	33
Das Blumenkleidmädchen	35
Blumengruß	57
Die smaragdgrünen Ringe des Saturns	59
Danksagung	77
Quellenhinweis	78
Weitere Romane der Autorin	79
Bilinguale Bilderbücher der Autorin	80

Ich will ein Eis

„Mama, ich will ein Eis.

Mama, fühl´, ich bin ganz heiß.

Das ist eine Mega-Hitze.

Mama, fühl´, ich schwitze."

„Kind, draußen ist es vielleicht ein bisschen warm."

Sie küsst mich und lässt mich von ihrem Arm.

„Schatz, es gibt noch keinen Grund

und zu viel Eis ist ungesund."

„Papa, gehst du mit mir auf den Spielplatz?"

„Nicht heute, mein Schatz.

Fühl´, ich schwitze, es ist mega-heiß."

„Mama … Papa sagt, ich krieg ein Eis."

Sonntags

„Nils, nimmst du Mia mit? Max möchte auf den Spielplatz und sie ist gefüttert, gewickelt und kann ein bisschen Schlaf an der frischen Luft gebrauchen."

„Hmm."

„Nils? Hast du gehört?"

„Ja."

„Ja, was?"

„Ja, halt."

„Du könntest aber auch die Wäsche, den Abwasch und die Wohnung sauber machen. Dann gehe ich mit beiden runter ins Tal."

„Ich mache ja schon." Er legt die Zeitung weg und wuchtet sich aus dem Sessel.

„Juhu. Papa, ich nehme meinen Bagger mit. Wir können Fußball spielen. Mama, hast du ein Picknick für uns. Wir brauchen unsere Decke."

„Hey! Max, mach mal halblang. So lange bleiben wir nicht, mein Junge."

Max kneift die Augen zusammen. Seine Mundwinkel senken sich.

Ich zwinkere ihm zu und sage: „Nils: Vor einer Stunde braucht ihr nicht wiederzukommen. Es sei denn du willst das Mia unausgeschlafen und somit wieder den ganzen Tag nervig ist."

„Nein, danke. Dieses Schreikind. Manchmal glaube ich, die haben sie im Krankenhaus vertauscht und uns nur untergeschoben."

„Wieso? Der Vater meiner Großmutter mütterlicherseits war schwarzhaarig. Lange krause Locken. Aber den hast du ja nicht mehr miterlebt."

Nils schüttelt den Kopf. „Egal – bis später dann." Er schnappt sich Mia, drückt Max die Brotdose mit den Trauben und den beiden Müsliriegeln in die Hand, „eine Decke brauchen wir zwei beide nicht, mein Großer", und verschwindet aus der Wohnung.

ooo

„Wie sieht Max denn aus?", frage ich empört.

„Wieso?"

„Ja, guck doch mal. Ganz blass ist er, fast grün. Hat er etwa die Beeren der Hecken gegessen?"

Max schüttelt den Kopf.

„Max und ich haben keine Zeit gehabt zu essen. Es war richtig toll. Stimmt´s Max?"

„Max, hast du dann vielleicht nur Hunger?"

Während er den Kopf schüttelt, schießt ein Schwall Flüssigkeit aus dem Kind.

„Getrunken hat er viel", sagt Nils schnell.

Ich gucke ihn groß an.

„Wasser, meine Liebe, Wasser. Ihm war auf einmal nicht so gut."

„Was habt ihr denn gemacht?"

Wieder spuckt Max. Unter Prusten sagt er: „Ge...ge...schhhhh...aukelt." Der Boden ist voll.

„Ab ins Bad", dränge ich.

„Das musst du verstehen. Mia hat so schön geschlafen. Da wollten wir nicht Ball spielen oder mit dem Bagger den Sand herumwerfen", ruft Nils uns hinterher.

„Nils!"

„Er hat höher und höher gerufen. Glücklich hat er ausgesehen. Bis kurz bevor wir gehen mussten. Ich habe sofort aufgehört, ihn anzuschubsen."

ooo

„Nils, heute lasst ihr das mit der Schaukel bitte. Mia ist fertig. Stell sie seitlich neben die Bank, dann bekommt sie den Sand vom Bagger nicht ab. Ihr schafft das. Viel Spaß."

ooo

„Na, Jungs, wie war es? Habt ihr geschaukelt?"

„Lotta durfte heute auch nicht schaukeln."

„Oh, du hast ein Mädchen kennengelernt. Ist Lotta nett?"

„Klar."

Ich schaue Max schräg an.

„Erzähl mal."

„Nö. Ich habe Hunger."

„Das trifft sich aber gut. Ich habe Pizza bestellt, die kommt in zehn Minuten."

„Pizza, Yippie, Pizza. Mit extra viel Käse?"

„Also schnell Händewaschen. Auf, auf!"

„Du wolltest doch kochen." Nils schaut mich verwundert an.

„Keine Zeit."

„Keine Zeit?"

„Vielleicht auch keine Lust. Suche es dir aus", lächle ich.

„Mir scheint, du hast dir einen faulen Lenz gemacht." Er schiebt die Schlafzimmertür auf und geht hinein. „Das Bett ist warm und durchwühlt. Und mich schickst du mit den Kindern fort."

„Du gönnst mir auch gar nichts. Die halbe Stunde tat mal richtig gut."

„Soso!" Es klingelt. „Ich geh schon. Bemüh dich nicht. Maaaax, Essen ist fertig."

ooo

„Nils, willst du wirklich raus? Es sieht nach Regen aus."

„Zieh ihm halt Gummistiefel an. Und Mia pack dick ein. Eine Haube für den Kinderwagen wäre nicht schlecht. Max, auf geht´s!"

ooo

„Ihr ward heute aber lange fort. Habe schon früher mit euch gerechnet. Habt ihr euch untergestellt?"

„Wir waren bei ..."

„Beim Klettergerüst. Wusstest du eigentlich dass es dort eine unterirdische Röhre auf der anderen Seite gibt, in die man krauchen kann?"

„Und da seid ihr rein? Das war ja ein richtiges Abenteuer heute. Gewiss habt ihr Helden Lust auf eine heiße Schokolade."

„Mama, mir ist zu warm."

„Ja, klar. Zieh dich schnell aus! Ich habe ein paar Kekse für euch."

„Hab keinen Hunger."

„So?"

ooo

„Max, mach dich fertig. Es wird Zeit."

„Nils? Was ist denn mit dir los?"

„Du sagtest doch, Bewegung täte mir gut."

„Gut!" Schnell richte ich Mia und packe Obst und Käsestückchen ein. „Hier, eure Decke!"

„Brauchen wir nicht, Mama."

„Für die Höhle?"

„Gib her, ich nehme sie. Max, lauf voraus! Ich komme."

ooo

„Comic-Quatsch, Comic-Quatsch, haldrihi, haldriho", trällert Max die Erkennungsmelodie eines Kindersenders.

„Comic-Quatsch", rufen Nils und ich wie aus einem Mund und schütteln verärgert den Kopf.

„Ups", sagt Max und haut sich vor den Mund. „Papa, ich weiß gar nicht, was Comic-Quatsch ist, und ich weiß auch nicht, dass das auf 17 läuft."

„Auf Kanal 17?", wundere ich mich.

„Kinder!", sagt Nils, „Junge, es wird Zeit, dass du in die Schule kommst."

„Bin ich dann auch mittags weg?"

„Nein, lache ich."

„Gut, ich dachte schon, ich sehe Erwin dann nicht mehr."

„Erwin?", fragt Nils.

„Ach, gewiss wieder einer vom Spielplatz."

„NEIN. Der Erwin, der Mann, der immer mit Mia spielt, bis ihr sie mittags zum Schlafen ´legt, und ich eine ganze Stunde Comic-Quatsch sehen darf, damit ich leise bin und euch nicht störe, wenn ihr auf sie aufpasst."

„Was – Wer ist das?", fragt Nils und beäugt mich.

„Na, Erwin, Papa! Der Erwin mit den schwarzen Krusselhaaren, der vorhin erst spät aus dem tollen Haus ging. Wo wir hinter der Looor-Beeren-Hecke warten mussten, bis wir endlich bei Lotta und ihrer Mama klingeln durften. – Comic-Quatsch, Comic-Quatsch - haldrihi, haldriho." Max verstummt für einen Augenblick. „Aber Papa, Lotta hat keine Schwester und auch keinen Bruder. Im Schlafzimmer: Auf wen passt ihr da auf, wenn wir fernsehen?"

Kribbeln im Bauch

Liebe ist unbeschreiblich.

Schmetterlinge kribbeln und krabbeln im Bauch.

Meine gute Seele, fühlst du es nicht auch?

Einen Moment zu lang geschwiegen,

verträumt das Baby in den Armen wiegen´,

will sie ihm dazu nichts sagen.

Sie kann den Schritt nicht wagen.

Er hingegen geht einfach fort,

zu dem ihr fremden Ort.

Seit einem halben Jahr weiß sie es genau:

Zurück kommt er mit dem Parfüm
der anderen Frau.

Sie ist nicht dumm

und doch schweigt sie stumm.

Summt ein Lied für das kleine Herz.

Ihres ist kaum noch voll mit Schmerz.

Ach, Schatz, ich hole schnell Zigaretten.

Leg dich und den Kleinen schon in die Betten.

Du musst auf mich nicht warten,

Er greift das Portemonnaie mit all seinen Karten.

Das Cornard Küken

(Auszüge aus GABOR GAY)

Es war ein herrlicher Frühlingsmorgen. Die Vögel zwitscherten.
Niemand der Familie Schneck hatte den Wecker gestellt. Sie hätten ausschlafen können.
„Was?" Mutter schrie im Wohnzimmer. „Du kannst mir viel erzählen!"
Gabor schreckte hoch. Mit weit aufgerissenen Augen blickte er sich um. Die Digitalanzeige der Schreibtischuhr änderte die Minute. Es war kurz vor acht.
Unter dem Vorhang hindurch kroch die Sonne in sein Zimmer. Die bunten Kästchen des Teppichs leuchteten. Am Bettende saß Marie-Aurelia und schnippte dumpf gegen seine Zehen.
„Endlich!" Sie hatte sich zu ihm herübergeschlichen und darauf gewartet, dass er die Augen aufschlug. „Seit mindestens einer halben Stunde geht das schon so. Sie drehen sich im Kreis." Gabors Schwester drückte ihren Zeigefinger vor die Lippen und lauschte den Wortfetzen, die zwischen Mutter und Vater hin- und herflogen.

„Glaub mir. Ich war wirklich auf dieser Schulung", verteidigte er sich, „du weißt, dass wir Freitag früher zurückgekommen sind und ich sofort ins Büro musste."
„Ins Büro? Im Athena-Keller warst du. Wir haben dich gesehen."
„So, habt ihr?"
„Ja, ich und die Kinder. Wir haben dich mit dieser … dieser …" Mutter suchte nach einem passenden Wort. Die Betitelungen, die ihr einfielen, trieben aus ihrer Wut. Sie vermied, sie auszusprechen. „Sie könnte deine Tochter sein", empörte sie sich.
„Ja, ja: Frau Cornard, unser Küken. Ganz schön arm dran ist sie mit ihrem alten Heiratsschwindler", versuchte Vater zu erläutern.
„Arm dran, dass ich nicht lache." Bittere Ironie lag in Mutters Stimme. „Zum Trösten - oder wofür auch immer - da kommst du diesem Küken gerade recht. Hast du dir mal Gedanken gemacht, wie ich das sehe? Oder was bei uns schief läuft?"
Stattdessen kreisten Vaters Gedanken um Frau Cornard. Sie war von ihrem um zwanzig Jahre älteren Mann verlassen worden. Einem Heiratsschwindler war sie aufgesessen. Das

Ersparte hatte er ihr abgeluchst und zusätzlich die volle Summe des von ihr beantragten Kredites abgehoben. Jetzt saß sie alleine da. Seine neue Adresse kannte Frau Cornard nicht, geschweige denn seinen richtigen Namen. Völlig aufgelöst hatte Herr Schneck sie im Büro angetroffen, als er vom Lehrgang zurückgekommen war. Vor lauter Heulerei hatte er Frau Cornard kein einziges Wort entlocken können. An Arbeiten war nicht zu denken gewesen. Deshalb hatte er beschlossen, sie aus den Büroräumen heraus zum Essen auszuführen.

Während der Vorspeise, sozusagen mit jedem einzelnen Olivenkern, spuckte sie etwas von dem Geheimnis ihres Schicksals aus. Obwohl beide danach wieder ins Büro gegangen waren, hatte Herr Schneck sich auf seine Arbeit nicht mehr konzentrieren können.

„Wie soll man einem jungen Menschen helfen, der so tief im Schlammassel sitzt?"

Gedankenverloren saß er im Sessel und rieb sich die Stirn.

„Win, hörst du mich? Winfried, hast du dir mal Gedanken um uns gemacht?", fragte Mutter erneut, „während du mit Abwesenheit glänzt,

läuft das Leben hier weiter. Frau Rubberneck tratscht über uns in der Gegend herum. Meine Mutter kehrt alles unter den Teppich – sie hat uns übrigens heute Mittag zum Kuchen eingeladen. Marie-Aurelia rupft Zweige von Bäumen ab, die unter Naturschutz stehen, und dein Sohn fängt an zu rauchen. Meinst du nicht, dass deine eigenen Küken eher einen Vater brauchen?" Sie pausierte kurz, merkte, dass er nochmals gedanklich abdriften wollte, und griff an: „Aber diese Rolle will dein liebes Cornard-Küken ja gar nicht. Bestimmt hast DU sie mit zum Lehrgang genommen. Eine schöne Woche habt ihr beide miteinander verbracht."
„Rita! Was traust du mir eigentlich zu?"
„Und du mir? Ich habe alle Hände voll zu tun. Muss mich um deine Kinder kümmern, um deren Leistungen in der Schule, kochen, waschen und die Wohnung toppsauber halten. WIR können uns keine Putzfrau erlauben." Sie dachte an die Nachbarinnen in den Allee-Straßen, die ihre freie Zeit im Fitnessstudio auf der anderen Seite des Flusses verbrachten.
„Da kannst du dir natürlich sicher sein, dass ich nicht hinter dir herschnüffle. Jetzt bist du baff,

dass wir dich gesehen haben." Mit großen Augen lauerte sie auf seine Antwort. Ihre Gesten, ihre Mimik provozierten ihn und es funktionierte. Winfried Schneck holte tief Luft, hielt kurz den Atem an und zählte innerlich: „Einundzwanzig, zweiundzwanzig, dreiundzwanzig, vierundzwanzig."
Es machte keinen Sinn, sich länger zu verteidigen. Sie drehten sich im Kreis. Alles, was er vorbrachte, wurde gegen ihn verwendet.
„Wenn sie auf Streit aus ist … dann soll sie ihn haben." Er sprang aus dem Sessel auf und stampfte in die Küche.

...

Das Mittagessen bei Oma war schnell gegessen. Es gab Frikadellen und Kartoffelsalat. Dann brach Gabors Mutter in Tränen aus. Sie verbarg ihr Gesicht und stürmte ins Bad. Mit lautem Klacken verriegelte sie. Wasser strömte aus dem Hahn. Ihr Schluchzen glich Wellen in den Gezeiten.
Oma erhob sich vom Esstisch. Sie drehte ebenfalls den Hahn auf, den an der Küchenspüle.

Nach einiger Zeit zapfte sie genug Wasser für zwei Tassen ab und füllte damit die Kaffeemaschine.
Ihre Enkelkinder schwiegen. Gabor knibbelte konzentriert an seinen Fingernägeln herum und seine Schwester an der Naht der Tischdecke. Keiner blickte auf. Die Klospülung rauschte.
„Lauft. Holt euch ein Eis. Kuchen gibt es später."
Oma durchbrach das Schweigen. Sie kramte in der Schublade neben dem Besteckkasten herum. Dort fand sie ihre geblümte Geldbörse mit dem Bügelverschluss unter den vielen Zetteln und Zeitungsausschnitten.
Die gesammelten Geldstücke darin zählte sie mühsam ab. „Das reicht bestimmt für zwei Kugeln. Oder?"
„Ganz bestimmt. Danke", sagten beide Kinder im Chor. Blitzschnell waren sie verschwunden.
Sie verschwanden jedoch nicht zur Eisdiele. Sie schlichen hinter das Gebüsch unter Omas Balkon.
„Nimm erstmal einen Kaffee, mein Kind", hörten sie sie im Wohnzimmer sprechen. „Möchtest du ein Stück Apfelkuchen dazu?" Die Stimme kam näher.
„Später", schluchzte Mutter.

„Lass dich nicht so hängen. Setz dich. Lehn´ dich zurück und genieße die Sonne." Die Balkonstühle rückten. „Bist du vielleicht nur eifersüchtig und siehst Dinge, die nicht existieren?"
Mutter schwieg. Sie weinte immer noch. Oma trat ans Geländer und zupfte die Primeln in ihrem Balkonkasten. „Der Frühling kommt mit Macht", schwärmte sie, „obwohl: Es sieht nach Regen aus." Dann drehte sie sich um und änderte die Taktik. „Kämpfe um deinen Mann. So verlierst du ihn." Sie zog ein Taschentuch aus der Schürze und überreichte es.
Mutter schnäuzte. Einmal, zweimal, „aaaber", und ein drittes Mal. „Ich habe ihm so viele Vorwürfe gemacht. Wie soll ich das wieder hinbiegen?"
„Egal wie. Mach´ bloß nicht den selben Fehler wie ich, hörst du?!"
„Bei dir und Papa ist das etwas ganz anderes gewesen."
„Jedoch wird es auf dasselbe hinauslaufen, wenn du nicht aufpasst."
„Hast du Papa jemals verziehen?"
„Bestimmt sollte ich das. Bald. Ich habe schon Telefonnummer und Adresse herausgefunden, wo

er jetzt wohnt. Gehst du mit? Allein fehlt mir der Mut."

„Weiß nicht. Im Moment habe ich soviel eigene Sorgen. Marie-Aurelia …"

„… hat seitdem keine Weidenkätzchen mehr abgerissen, nicht wahr? Hat sie nicht neulich eine Eins nach Haus gebracht?"

„Ja. Aber Gabor. Was mache ich falsch bei dem Jungen?"

„Gabor solltest du vertrauen. Jeder von uns hat schon mal eine Zigarette probiert, sich danach die Lunge aus dem Hals gehustet oder auf dem Klo gesessen. Das ist nun wirklich eine Bagatelle. Das mit dem Video ist eine andere Sache."

„Welches Video?" Mutters Entsetzen spürte Gabor bis unter den Busch, hinter dem er hockte.

„Hat er dir das nicht erzählt?"

„Nein."

„Dann frag´ ihn selbst. Ich konnte ihn dazu noch nicht befragen. Meine Infos habe ich von Marie. Vorhin, so zwischen Tür und Angel."

„Au!", zischte Marie. Gabor hatte ihr ins Kreuz geschlagen, wobei sie vornüber ins Geäst fiel.

„Bist du bescheuert?" Sie zupfte sich den abgeknickten Ast aus dem Haar.

„Nee, aber du, du Petze."
„Was willst du? Celino hat mir das Video gezeigt, als du Chet nach Hause gebracht hast. Dich erkennt man darauf eindeutig. Chet hast du geschickt verdeckt. Auf dem Film ist nicht klar zu sehen, welcher von den Zwillingen es war. Was meinst du eigentlich, wie peinlich das ist. Lauter dumme Sprüche hört er sich beim Eisverteilen an. Wenn ihr schon Mist baut, dann lasst euch doch wenigstens nicht filmen. Die zeigen allen das Video herum. Möchte gar nicht wissen, wem sie das schon geschickt haben. Wenn die Giouvannis das mitkriegen. Du meine Güte."
„Alles klar", dachte Gabor, „sie ist uns nicht nachgerannt. Sie hat Donnerstag auch nicht blaugemacht, um sich mit Celino zu treffen."
Er schüttelte den Kopf. „Solange hätte sie ihre Beobachtung sowieso nicht für sich behalten können."
Er nahm sie ins Visier. Seine Augen formten sich zu Schlitzen. „Sie weiß was. Was genau haben die gefilmt?"
Gabor ließ die Szene unterm Torbogen Revuepassieren.

...

„HEY! Was macht ihr denn da?" Oma beugte sich über die Primeln. „Lauscht ihr Geheimnissen?"
Marie und Gabor nahmen die Beine in die Hand und rannten zur Eisdiele.

Sie sprangen über die eiserne Kette zwischen den Betonpickeln.
Auf dem Marktplatz verlangsamten sie ihre Schritte. Wolken zogen auf und warfen Schatten auf die Stühle.
„Da ist Papa!", sagte Marie.
„Mit dem Küken", entsetzte sich Gabor, „komm, wir ignorieren ihn."
„Zu spät!" Marie winkte und spielte Theater. Überschwänglich lebenslustig hopste sie auf den Tisch zu, an dem ihr Vater mit der jungen Frau saß. Sie tranken beide einen Eiskaffee und lächelten herüber.
„Hallo Papa." Marie gab ihrem Vater einen Kuss auf die Wange.
„Hallo, mein Schatz. Hallo Gabor." Ihm gab er die Hand. „Das ist Frau Cornard, meine Arbeitskollegin. Wir hatten einige Dinge zu besprechen."

„Ich kann mir denken was", platzte es aus Gabor heraus. Dafür kassierte er von Marie einen finsteren Blick und von seinem Vater einen fragenden.
„Was, bitte schön, meinst du?"

Was Gabor genau meinte, bzw. die vollständigen Kröskenskisten zwischen Rita und Winfried Schneck, Gabor, Aurelia, den Giouvanni-Zwillingen, Gabors Großeltern und dem Cornard Küken mit ihrem Heiratsschwindler werden im Roman erzählt – Näheres dazu im Quellenhinweis auf Seite 78.

Angelos Eiscafé

Kaffee – Duft
liegt in der Luft.

Sein Eiscafé, ein Ort der Ruhe.
Genießen, schweigen, träumen.
Meine Lust will überschäumen.
Gebeugt über die Truhe

lächelt er mich an.
Ob er Gedanken lesen kann?

Das Blumenkleidmädchen

Dunkel war es. Der Kaffee pröttelte in der verkalkten Maschine. Duft durchzog die Stube.
„Geh beiseite!", forderte Oke, „ich bin ja schon dabei." Umständlich kramte er in dem Unterschrank neben der Spüle.
„Na, was haben wir denn? Rinderbrocken in Gelee." Die Dosen Ravioli, Eintopf und Rouladen schob er zurück.
„Milicia, du hast Glück gehabt. Ich werde wohl nachher einkaufen müssen."
„Miau!", bekräftigte die schwarz-weiße Katze, während sie die Schnurrhaare an Okes Rücken rieb.
„Lass mich aufstehen. Sonst kriegst du nichts und gehst doch Mäusejagen."
Liebevoll schob er die Samtpfote beiseite. Die Kaffeemaschine seufzte und spie den letzten Tropfen aus.
Oke stellte den Napf neben die Terrassentür, goss sich Kaffee in den Becher und ließ sich auf die Eckbank fallen.

Sein Blick durchdrang die Dunkelheit und fokussierte die Schemen des Traktors.
Angestrengt knibbelte er mit den Lidern.
„Siehst du das auch? Da sind wieder Blumen auf meinem Sitz. Sie fallen über den Stieg, bis auf den Boden. Das gibt´s doch nicht."
Mit beiden Händen rieb er die Augen, fuhr sich mit den Innenflächen die Wangen empor, bis die Handballen den Schlaf aus den Augenhöhlen drückten. Seitlich schob er die Müdigkeit fort und fokussierte wieder die Schemen seines Traktors.
„Eindeutig Blumen. Ich spinne doch nicht?"
„Miau!"
„Milicia!" Oke klatschte in die Hände. „Ich komme." Die Katze setzte gerade an, die Krallen am Holzrahmen der Terrassentür zu wetzen.
Vor einem halben Jahr war sie ihm zugelaufen, hatte sich in Okes Herz geschlichen. Er verstand jedes Miau. Folglich gehorchte der junge Bauer der Aufforderung. Vielleicht auch nur, um sein Mobiliar zu schonen.
„Milicia, kaum reiche ich dir den kleinen Finger, willst du ... Ja, was? Was gibt es denn so Wichtiges, dass du dich nicht einmal in Ruhe putzen kannst?"

Oke schob die Tür einen Spalt breit auf. Schon rannte die Katze auf den Traktor zu. Der junge Bauer blickte den hellen Fellflecken nach, bis sie hinter den Reifen verschwanden. Wieder knibbelte Oke mit den Augenlidern.
„Halluzinationen. Alles nur Halluz. Keine Blumen!" Er wandte sich ab. „Milicia, du bist alt genug, du meldest dich, wenn du herein willst." Kopfschüttelnd schloss er die Tür und schlurfte zur Eckbank zurück.
Knapp ein halbes Jahr war es nun her, dass sein Vater seiner Mutter gefolgt war. Oke hatte ihn zu ihr legen lassen, sodass sie im Dadrüben wieder zusammensein konnten. Ihm selbst hatte der Tag schwer zu schaffen gemacht. Einen Kranz hatte er mit Blüten der Senfsaat binden lassen. Sein Vater hasste Blumen. Sie brachten kein Geld, „sie kosten nur und das bringt uns um. So nutzlos wie Haustiere." Aber das Bestattungsunternehmen drängte Oke dazu, den letzten Gruß mit Blumen und Schleife zu schmücken. Jetzt, da sein Vater gestorben sei, wäre es seine Entscheidung. Okes Mutter wäre es recht gewesen. Damals hatte sein Vater sich durchgesetzt und ohne eine große Feier sofort Lehm aufschütten lassen. Empörung hatte

es ausgelöst. Ein Skandal, wie die Landfrauen es schimpften.
Seither verließen alle Dörfler den Gasthof, sobald er mit seinem Vater eintrat. Das wiederum störte den Gastwirt. Er hatte den beiden Hausverbot erteilt, als es letzten Frühling aufgrund der Querelen zu einer Keilerei gekommen war. Es war kein Wunder, dass Oke kein Mädchen freien konnte. Sie mieden seitdem die Dorffeste, um nicht gänzlich verjagt zu werden.

Heute musste Oke die Zugmaschine anschmeißen und die kümmerlichen Reste der Senfpflanzen unterheben. Vor den Wintermonaten hatte er sich dazu nicht aufraffen können.
Der Acker brauchte ihn heute. Er war bereit für das neue Jahr. Es würde ein ertragreiches werden. Das hatte der junge Bauer seiner schwarz-weißen Mitbewohnerin in die Pfote hinein geschworen.
Oke ging ins Bad, rasierte sich, wusch sich den Schaum hinter den Ohren fort und putzte die Zähne, bis der Sand der Eieruhr vollständig durchgerieselt war. Dann stieg er in die Stiefel und öffnete die Tür. Hell war es geworden.

*

„Thes! Wo warst du?" Ihr Vater stemmte die Fäuste in die Seiten. „Seit einer Stunde warte ich auf dich, damit wir die Kühe melken können." Zornig zeigte er auf seinen nackten Arm und simulierte mit den Händen den Akt des Melkens. „Und was ist das?" Sein Zeigefinger schnellte vor. „Schon wieder hast du die Katze angeschleppt. Das ist die Pussy von diesem Strolch."

Theresa zuckte mit den Schultern.

„Mensch, Mädchen, ich habe dir gesagt, wenn du das Vieh nicht draußen lässt, hole ich irgendwann einen Scheit und schicke die Mieze Okes Eltern nach. Gott hab sie selig ..." Er hob den Arm. Mit finsterer Miene holte er aus und drohte. „Ich frage mich sowieso, warum der Bursche sich nicht gleich einen ganzen Streichelzoo ins Haus geholt hat. Jetzt, da sein Vater ins Gras gebissen hat, kann der Junge sich doch endlich so geben, wie seine Mutter ihn verzogen hat. Sprechen mit Kuscheltieren. Wie soll aus dem ein richtiger Bauer werden? Der Acker ist immer noch nicht gepflügt." Erneut schlug er mit dem erdachten Scheit Luft in Richtung der schmusenden Katze.

Theresa schüttelte den Kopf und schob das um ihre Beine streunende schwarz-weiße Fell behutsam aus dem Haus. Dreimal klatschte sie in die Hände.

„Thes? Hallo! Schau mich an! Ich sehe es doch. Du warst bei ihm." Er malte ein Herz in die Luft. Dann küsste er im Wechsel seine Handrücken und drohte seiner Tochter mit der Faust.

Wieder schüttelte sie energisch den Kopf.

„Und das Kleid?" Er zupfte an ihr. Sie schlug vor seine Hand und wendete sich ab.

„Warte, Fräulein!" An beiden Schultern packte er sie und wirbelte sie herum.

Mit großen Augen starrte Theresa ihn an und zog die Schultern hoch. Durch vorgestreckte Handflächen vergrößerte sie den Abstand zu ihrem Vater. Dann simulierte sie eine Melkbewegung und tippte sich auf das Handgelenk. Mit einem Nicken zeigte sie zur Tür.

„Stimmt: Es wird Zeit. Gehen wir an die Arbeit. Der junge Oke gibt sich auf keinen Fall mit einer Behinderten ab. Da kannst du dich noch so schick machen, mein Kind. Ich kenne die Sprüche seines Vaters und auch, wenn die Mutter ihrem Jungen

Flusen in den Kopf gepflanzt hat, der Apfel fällt bekanntlich nicht ..."
Theresa schob das Kinn vor und fixierte seine Lippen.
„Wer nennt sein Katzenvieh schon nach dem Namen seiner verstorbenen Mutter. Egal, lass uns ... m...e...l...k...en ... gehen!"
Sie nickte ihm zu und rannte voraus.

*

Umständlich hatte Oke den Pflug an den Traktor gehängt. Die Furchentiefe wollte er später einstellen. Schon saß er auf dem Bock und steuerte sein Gefährt über den Feldweg. Lange hatte er gebraucht, mit den Schalthebeln zurechtzukommen.
„Darin musst du besser werden. Zeit ist Geld, mein Junge, kapiere das endlich! Und wenn der Regen kommt, hast du weder eingefahren, noch aufgelockert, womöglich verpasst zu düngen. Was soll nur aus dir werden?", hallte die Stimme seines Vaters in seinen Erinnerungen. Eine Stimme, die er im Leben nie wieder hören würde und die ihn dennoch Tag und Nacht malträtierte. Oke versuchte, sie auf der Fahrt, wie eine Fliege, zu vertreiben. Am Acker angekommen, sah er die

erfrorenen Pflanzen kläglich den Lehm bedecken. Weiter hinten erhoben sich Blumen mitten im Feld.

„Blumen? Das kann nicht sein." Er schlug sich vor die Schläfe. „Ich werde wahnsinnig."

„Blumen bringen kein Geld, mein Junge. Sie kosten nur und das bringt uns um. Oke, du musst schneller werden. Oke, du musst ...!"

Er schlug um sich. Er schloss die Augen, kreiste den Kopf in Form wiederholender Achten.

Dann trat er heftig auf das Gaspedal. „Euch zeig ich's, ihr Halluz. Du wirst schon sehen."

Wie ein Irrer heizte er quer über den Acker.

Als er die Schreie einer Katze hörte, erschrak er, riss die Augen auf und erkannte das schwarz-weiße Fell, wie es fortrannte.

„Milicia! Gott sei Dank", atmete er auf. „Und du? Was machst du hier?"

Sofort hatte er den Traktor gestoppt und war herabgesprungen. Er rannte ein Stück zurück.

„Bist du von allen guten Geistern verlassen, dich vor meinen Traktor zu schmeißen? Dir hätte sonst noch etwas passieren können."

Er fasste der jungen Frau an die Schultern und drehte sie zu sich herum. Sie weinte. Mit beiden

Händen hielt sie den verdreckten Saum ihres
Kleides und kontrollierte die Nähte.
Sie schluchzte und streckte ihm das verschmierte
Blumenmuster entgegen. Aus der Mitte einer
Blüte rieb sie Lehm. Dann schlug sie mit der
anderen Hand einen Scheibenwischer vor seinem
Gesicht. Oke wich zurück.
„Mensch, Thes, kannst du wirklich gar nichts
hören? Du hättest mich doch wenigstens spüren
müssen. Ich poltere mit einem tonnenschweren
Traktor über den Acker. Der schleicht nicht." Oke
suchte das Feld ab. „Wo ist Milicia?"
Hinter ihrem Rücken tauchte sie auf, maunzte
und strich Theresa um die Beine. Diese bückte
sich und hob sie auf den Arm.
„Na, Gott sei Dank. Es geht dir gut."
Der junge Bauer war erleichtert. Für einen kurzen
Moment. Dann schrie er: „Hey! Das ist meine!"
Zorn gerötet war sein Gesicht. Theresa ließ die
Katze sinken und rannte begleitet von ihr davon.
„Wartet!" Oke hatte das Mädchen bald eingeholt.
„So warte doch!"
Im Laufen fasste er Theresa an die Schulter. Sie
erschrak. Beim Stolpern verwickelten sich ihre
Beine in einander. Beide stürzten.

Theresas Blick verfinsterte sich. Röte stieg ihr ins Gesicht.
„Tschuldigung." Oke half ihr auf. Beim Säuberungsversuch rieb er den Lehm tiefer in den Stoff ihres Kleides. Sie schlug nach seiner Hand.
„Auch das tut mir natürlich leid." Verlegen trat er einen Klumpen Erde platt.
Milicia kam heran. Mit erhobenem Schwanz umkreiste sie beide und schnurrte.
„Wegen dir ist sie überhaupt erst hinausgerannt. Fast hätte ich sie überfahren. Was willst du eigentlich?"
Theresa schaute ihn mit fragenden Augen an.
Oke sprach langsam: „Was willst ... du ... von mir?" Dabei deutet er auf sie, sich und wieder auf sie. Theresa kramte in ihrer Schürzentasche und umschloss Sonnenblumenkerne mit ihren Händen. Geheimnisvoll blickte sie auf ihre Finger, während sie sie ihm hinstreckte. In dem Moment, in dem sie ihre Handflächen öffnen wollte, fasst Oke ihre Arme und hielt sie fest. Sie stutzte. Er wiederholte die Geste, ohne etwas zu sagen. Sie haltend tippte vor ihre Schulter, vor seine Brust und wieder vor ihre. Theresas Augen funkelten. Sie lächelte, reckte sich und gab ihm

einen Kuss. Bevor der Bauer die Situation verstand, riss sie ihre Arme aus seinem Griff und warf die Körner weit in die Luft. Schon rannte sie fort. Milicia folgte.

Oke stand da. Nach einer Weile schlurfte er zum Traktor zurück. Flau war ihm. Sanft betastete seine Zunge die Stelle, die Theresa berührt hatte. Ihre Lippen hatten nach Erdbeeren geschmeckt. Er meinte, den leichten Druck auf seiner Haut noch zu spüren. Fühlte die Wärme an seinen Fingern, seit sie sich losgerissen hatte. Als verschwommener Punkt war ihr Blumenkleid am Ende des Feldes verschwunden und dem Verlauf der Landstraße gefolgt.
Oke erreichte den Traktor und startete ihn. Wie von selbst grub sich dieser durch den Acker und pflügte das Feld um. Danach fuhr er mit ihm die Landstraße entlang, in der Hoffnung Theresa am Straßenrand auf einer Wiese sitzen zu sehen. Er erreichte die Auffahrt zum Hof. Milicia lag zusammengerollt vor der Terrassentür und zuckte mit einem Ohr. Von Theresa keine Spur.

Das Feld war bestellt. Zwei Monate lang hatte Oke Theresa nicht gesehen. Jeden Morgen war er zeitig aufgestanden, hatte, bevor er die Kaffeemaschine gestartet hatte, aus dem Fenster geblickt. An keinem Morgen fielen Blumen vom Traktorbock, über den Stieg, auf den Boden hinab. Theresa war nicht mehr gekommen.
„Milicia, hätte etwa ICH sie aufsuchen sollen?" Die Katze trippelte vor der Terrassentür auf und ab. „Ich lasse dich nicht heraus."
Nach jedem Frühstück hatte sie sich geputzt und sich neben Oke auf der Eckbank eingerollt. Während des Kraulens lauerte sie mit einem Auge, einem Ohr auf Bewegungen vor dem Haus. Aber Theresa kam nicht. Oke starrte ins Leere. Das Korn wuchs.

Das Frühlingsfest zum Tag des Bieres war gekommen. Milicia spielte mit einem Samtband. „Lass das!" Die Katze schaute ihn an. „Vielleicht – gewiss, ich werde es irgendwann einmal brauchen." Sie strich um ihn herum. „Okay, heute. Ich zeige es dir!"
Oke putze sich heraus. Zweimal hatte er heute früh die Sanduhr gedreht. Seine Zähne strahlten.

Das karierte Hemd war gebügelt, die Enden des Samtbandes hatte er ordentlich gebunden. Zu Lebzeiten hatte es ihm seine Mutter beigebracht.
„Und?" Milicia maunzte.
„Ich weiß nicht. Muss ich heute wirklich dahin?" Die Katze reckte sich, buckelte und schritt voraus. „Was ist, wenn sie mich wieder vertreiben. Was ist, wenn Thes mit einem anderen tanzen will?" Die Samtpfote schlich zur Terrassentür und ... „Halt! Also gut, wie du meinst. Was hab ich schon zu verlieren?" Oke öffnete. Selbst nahm er die Eingangstür und legte den Schlüssel unter den großen Stein neben der Bank.
Am Rande des Dorfplatzes versteckte er sich hinter einem Baum. Theresas Kleid strahlte. Es wehte im Wind. Sie drehte sich auf der Tanzfläche. Oke meinte, Erdbeerduft wehe herüber. „Milicia, mit wem tanzt sie da?" Theresa wirbelte im Kreis. Ihre Blicke trafen sich. Ein Aufblitzen in ihren Augen, da riss sie ihr Vater abrupt an seine Brust und giftete Oke an. Eine Faust ballte er hinter dem Rücken seiner Tochter und drohte dem jungen Bauern. Theresa hingegen befreite sich aus dem Tanzgriff, rannte

über die Holzbohlen zum Eck der Tanzfläche und winkte Oke zu. Mit der Hand deutete sie erst trippelnde Schritte, dann einen Berganstieg an. Der junge Bauer nickte, stieß sich vom Baum ab und stolperte über Milicia. „Tschuldige. Ich muss los!" Er rannte in Richtung Aussichtsplattform. Oben angekommen blickte er auf das Treiben des Platzes. Theresas Kleid stach hervor.
„Warum lässt er dich nicht los? Komm schon!" Oke winkte mit ausgestrecktem Arm. „Ich warte hier auf dich. Lauf. Wenn er genug getrunken hat, wird er dir nicht folgen."
Der junge Bauer beobachtete das Treiben. Der Wind blies die Musik der Blaskapelle herüber. Oke lehnte sich mit dem Rücken ans Staket und begutachtete die Äcker auf der anderen Seite.
„Das könnte uns beiden gehören. Thes, wenn du willst, gehört das uns." Deutlich zeigten die Äcker die neuen Triebe sprießen. Auf das eine Feld war Oke besonders stolz. Die Musik verstummte. Er schaute zum Platz. Menschen wuselten um einander. Wo war Theresa? „Miau!"
„Milicia? – Ich kann nicht nach Hause gehen."
„Miau!"
„Nein, Thes kommt gleich. Setz dich zu mir."

Die Katze spielte mit dem Samtband des Hemdes. Sie kratzte ihn dabei. „Au! Was soll das? Geh weg! Kschh ..." Bis spät in die Nacht hinein, saß Oke auf dem Aussichtsplateau.
Theresa kam nicht.

Zwei weitere Monate waren vergangen.
„Wie soll ich sie überhaupt wiedersehen? Ihr Vater lässt mich auf keine fünf Meter an seinen Hof heran. Eher noch hetzt er die Kühe auf mich. Es sei denn ..." Oke schmunzelte. Der Kaffee pröttelte. Milicia maunzte.
„Genau. Ich stelle mich um. Ab sofort trinke ich meinen Kaffee hellbraun. Des Herzens wegen", lachte Oke, „und du bekommst auch ein Schälchen. Versprochen. Er wird uns einen Liter Milch verkaufen und dann einen zweiten und noch einen ... Komm, Milicia, wir besuchen Theresa."

Oke war früh aufgebrochen. Er hatte seine Milch bekommen. Doch Theresa hatte er auf dem Hof nicht angetroffen. Sie sei verreist, hatte ihr Vater gesagt, zu ihrer einzigen Tante in die Stadt.
Warum er das wissen wolle, hatte er noch gefragt.

„Nur so", hatte Oke gesagt, sich für die Milch bedankt und weitere Besuche angekündigt.
Unter mürrischem Nicken hatte Theresas Vater ein „wenn-es-denn-sein-muss" gezischt und das glänzende Geldstück in seiner Faust angelächelt. Es musste sein. Wieder und wieder kam Oke. Ende August, Anfang September war Theresa immer noch nicht zurück.

Die Milch im Kaffee schmeckte ihm nicht mehr.
Er hantierte in der Küche.
„Milicia, du bleibst heute im Haus, es ist Erntetag. Hier, das ist deine letzte Schale Milch. Genieße sie!"

Oke sah es von Weitem. Er würde die Stängel großflächig umkreisen. Das war er ihr schuldig. Er würde sie stehen lassen, bis sie sie sah. Die Sonnenblumen ragten aus dem Feld heraus. Ihre Blütenteller waren ausgebildet und würden weit in den Herbst hinein Früchte tragen, bevor sich die Vögel ihren Winterschmaus daraus holen konnten. Sie störten ihn nicht. Sie erinnerten ihn an diesen Kuss, an einen Kuss, der nach Erdbeeren geschmeckt hatte.

„Ach, Thes. Wo bist du nur?" Er schnäuzte.

Am Rande des Feldes hielt Oke seinen Traktor mit Anhänger an. Bevor heute überhaupt geerntet werden konnte, musste er den Wassergehalt des Korns bestimmen. Es durfte nicht zu nass sein. Es war genau richtig und groß war es. Heute konnte er die Ernte einfahren, noch bevor der Regen kam. Das Frühjahr war warm gewesen. In den Sommermonaten hatte es nicht nur Lichterspektakel gegeben. Die Gewitter hatten die Niederschläge gebracht, die für das Getreide nötig waren. Oke würde gutes Geld verdienen. Die beiden Leute der Leihfirma waren pünktlich und brachten den Mähdrescher. Ruckzuck war dieser betriebsbereit. „Soll ich Ihnen meinen Mann da lassen?"
Oke schüttelte den Kopf.
„Er könnte für Sie ernten und Sie fahren Ihren Hänger heran, um den Speicher zu leeren und das Korn einzufahren."
„NEIN!", schimpfte Oke.
„Wie Sie meinen. Rufen Sie, wenn Sie fertig sind. Wir holen unser Gerät ab und berechnen nur die Leihstunden ohne Personal."

„Danke." Oke kletterte ins Führerhaus und wartete, bis die beiden fort waren.
Ein Berg Arbeit lag vor ihm.
„Und deine Blumen? – Thes, wo bist du? Es sind DEINE BLUMEN! ...", schrie er, „verkaufen kann ich sie nicht."
„Sie kosten nur Geld, mein Junge und das bringt dich ..."
„Nein!" Oke schlug sich vor die Schläfe und biss sich auf die Lippe. Zu den Wolken gewandt sprach er: „Nicht die Blumen, der Gedanke an sie bringt mich um. Thes, wo bist du? Was soll ich mit der Erinnerung, ohne dich? Es tut so weh!"
Vornüber umschlang er das Lenkrad, zündete. Das Gaspedal trat er durch. Der Motor heulte auf.

„Thes, ich habe nachgesät. Für dich bin ich hinausgefahren, habe Mohn untergemischt, weitere Sonnenblumenkerne verteilt. Hast du mein Werk nicht gesehen? Willst du es überhaupt? Wie dumm von mir – Natürlich nicht, sonst wärst du hier geblieben. Dann soll es so sein. Ich werde es tun. Verzeih mir, Thes."
Der Bauer schlug vor die Hebel und trieb den Mähdrescher geradewegs auf die Blumen zu. Der

Sitz wackelte, während das tonnenschwere
Gefährt über den Acker holperte, Korn
verschluckte und die Sonnenblumen fixierte.

Ein schwarz-weißes Fell huschte vorbei.
Vorne stand sie. Ihr Blumenkleid stach aus den
Ähren hervor. Sie lächelte. Sie hielt etwas in der
Hand und winkte.
Abrupt stoppte Oke die Maschine und sprang
herab. Theresa rannte auf ihn zu und er auf sie.
Fest schloss er sie in die Arme, umschlang ihren
Körper, hob sie empor und drehte sich mit ihr um
sich selbst. Sie fielen ins Korn und blieben auf
dem Rücken liegen. Der Himmel war blau, kleine
Schäfchenwolken zogen vorüber. Eine Katze
umschnurrte die beiden.
„Milicia, wie kommst du hier her?"
Die junge Frau winkte mit dem Schlüssel in ihrer
Hand und lächelte. Zusammen mit einem
duftenden Zettel gab sie ihn Oke.

Er las:

Lieber Oke,
Es tut mir so leid. Mein Vater schickte mich zu
seiner Schwester in die Stadt, damit ich etwas
Vernünftiges lerne. Eine Lüge: Er will, dass ich
dich vergesse. Das kann ich nicht.
Oke, ich liebe dich!

Sie errötete, als Oke ihr eine Strähne aus der Stirn strich und ihr den Schlüssel in die Hand legte.
„Thes, komm mit auf unseren Hof. Dort ist genug Platz für uns beide. Auch Milicia wird sich freuen." Er streichelte der Katze den Rücken und schüttelte den Kopf. Er lächelte.
Fragend schaute Theresa den jungen Bauern an. Er seufzte, ergriff ihre Hände. So verbunden zeigte er auf sich, berührte sie und wieder sich. Dann zog er sie eng an sich und küsste sie.

Die Sonnenblumen standen bis weit in den Herbst hinein auf dem abgeernteten Feld. Vom Aussichtsplateau aus konnten sie von nun an jedes Jahr erst ein rotes, dann ein goldenes Herz sehen.

Umgebracht haben die Blumen niemanden. Gekostet haben sie nur die Nerven von Theresas Vater. Gebracht haben sie jedem ein herzliches Gefühl und den Segen der Landfrauen und somit das Ansehen eines jungen Bauern im Dorf. Im dritten Herbst musste Theresas Vater einlenken. Sein Mädchen heiratete ihren Oke in einem Blumenkleid auf der Aussichtsplattform der Gemeinde - begleitet von einer schnurrenden schwarz-weißen Katze namens Milicia.

Blumengruß

Ein Gruß von mir
So sagt er dir:

Ich hab dich gern,

komm herüber, bleib nicht fern.

Die smaragdgrünen Ringe des Saturns

Sie streckte verträumt die Hand aus, als würde sie nach den Sternen greifen. Abwechselnd spreizte sie die Finger weit auseinander, um im nächsten Moment aus ihnen eine Faust zu ballen, sie danach aber wieder unendlich breit zu fächern. Schweigend betrachtete sie das Schmuckstück gegen den Abendhimmel.
„Es sieht bezaubernd aus. Sieh, wie phantastisch seine Ringe ihn einfassen und die tausend Lichter der Sterne sein Grün unterstreichen." Verliebt wand sie ihren Blick ab und drehte sich zu Richard um. Sie errötete: „Woher wusstest du?"
„Hier kommt er am besten zur Geltung. Aus Liebe dazu ist es mir wichtig, dir das ... dieses Große heute Nacht zu geben", räusperte er sich verlegen, „er wird der Mittelpunkt des Universums sein. Ja, der Mittelpunkt allen Seins. Wir beide sind ein Teil davon, können ihn sehen, erleben und mit ihm verschmelzen. Er wird durch uns in seiner Größe, in seiner Macht ins Unermessliche wachsen." Seine Augen starrten an ihrer Hand vorbei ins Unendliche, als würden sie einen fernen Planeten sichten. Es machte den

Anschein, als sähe er ihn genau, als wäre er für ihn zwar entfernt, doch bereits zum Greifen nah. Welchen Stern er betrachtete und seine wirkliche Größe, war durch das tiefe Blau des funkelnden Nachthimmels nicht auszumachen. Melanie fand Gefallen an seiner romantischen Ader, die sie bisher nicht kannte.

Sie standen in der Höhe der Universität an der Seine, spürten, wie mild die Luft war, und schmeckten den Hauch des Frühlings in ihr. Leise rauschte das Wasser gleichmäßig dahin. Die junge Frau hatte mittlerweile verdrängt, dass sie sich mit Richard heute Abend nur aus Gefälligkeit verabredet hatte. Ihr war schon lange nicht mehr nach Ausgehen zumute, seit ihr Fabrice nach drei glücklichen Jahren eine Beziehungspause vorgeschlagen hatte. Sie zog sich immer mehr zurück und lernte fürs Abitur, um mit einem guten Abschluss die Université Denis Diderot besuchen zu können, was ihrem Großvater sehr gut gefiel.

Für heute Abend hatten sie in der Gruppe vereinbart, dass die angereisten Austauschschüler der Oberstufenklasse die Stadt in schöner Erinnerung behalten sollten. Es war ihr letzter gemeinsamer Abend in Paris. Alle Mitschülerinnen von Melanie waren wie verhext den attraktiven Geschöpfen der fremden Klasse verfallen. Stundenlang hatten sie sich den Nachmittag über herausgeputzt und flanierten nun an unterschiedlichen Stellen im Abendlicht längs der Flusspromenade. Nach den telefonischen Überredungskünsten ihrer engsten Freundin - sie trieb Melanie geradezu an: „Lernen muss man nicht hinterm Schreibtisch. Sag das dem Alten! Es ist Frühling. Geh endlich wieder ´raus und lerne fürs Leben! Du verwitwest ja. Das Angebot von diesem Richard würde ich mir nicht entgehen lassen!"- gab sich Melanie schließlich dem Gruppenzwang hin. Bevor sie jedoch ausgehen durfte, musste sie ihrem Großvater schwören, dass sie genau wüsste, wie wichtig das Abitur wäre, dass ihr damit alle Türen der Welt offen stünden und dass außerdem der Fremde das Gegenteil von einem Adonis, also eher hässlich wie die Nacht war.

Diese Nacht war bezaubernd und Richard auch. Genau betrachtet war er das Gegenteil von ihrem Fabrice. Mit seinen auffallend langen muskulösen Beinen, seinen kräftigen Händen und den smaragdgrün leuchtenden Augen war er sehr attraktiv. Sein leicht ledriges Gesicht, das etwas zu weit in die hohe Stirn wuchs, ihn aber reifer wirken lies, verbarg Geheimnisvolles. Die Haare trug er kraus. Sie hatten denselben dunklen Touch wie sein Dreitagebart und untermalten den Teint seiner Haut. Die Worte, die er sprach, hauchte er gebrochen aber betont, wie auswendig gelernt heraus. Sie waren ein wenig zu dunkel für einen jungen Mann in seinem Alter aber hatten das gewisse Etwas. Er passte äußerlich gut zu ihr und fing an, ihr trotz Liebeskummer über Fabrice zu gefallen. Sie wollte versuchen, dem Ratschlag ihrer Freundin zu folgen und das Leben wieder zu lieben. So kam es, dass sie sein Geschenk zwar in weiblicher Theatralik aber insgeheim ohne Zögern annahm.

„Du, Richard!" Sie drehte sich mit dem gewissen Schwung, der das Parfüm ihrer blonden langen Haare in alle Richtungen verstreute, zum Fluss um und streckte ihre Hand von neuem verspielt nach oben. „Fast ist es so, als würde der grüne Ring mit den Sternen eins und könnte die ganze Welt um uns herum in ein berauschendes

Glitzermeer verwandeln. Nur für uns! Meinst du, die anderen sehen das Leuchten auch?"
„Sicher! Heute Nacht wird jeder Wildentschlossene am Ufer stehen und sich dem Rausch hingeben."
„Wie jeder?"
„Jeder!" Er deutete auf die Pont de Sully, die von mehreren Grüppchen übersät war. Immer zwei Personen standen dicht gedrängt und starrten den Fluss entlang ins Unendliche. Das weibliche wirkte zierlich gegen das breitschultrige Exemplar und hörte - genau wie Melanie - nicht auf, die Hand gegen den Himmel zu strecken und dabei den Kopf schief zu halten.
´Weiber! Warum sind nur alle hierher gestiefelt?`, empörte sie sich, dachte an den Beschluss der Klassengemeinschaft und fragte: „Du, Richard, wolltest du etwas von unserer Stadt lernen?"
„Gerne, was kannst du bieten!"
„Mein Großvater erzählte mir mal, dass sich in Paris vor genau 29 Jahren dasselbe Spektakel ereignet hatte. Damals gab es auch eine magische Bewegung, die überall verstreut Pärchen zusammenführte."

Richard grinste: „Sag mir: Zufall oder
Bestimmung?" Sie sah ihn weich an. Sein Gesicht
nahm den unnatürlichen Schimmer der spärlichen
Laternenbeleuchtung auf und reflektierte ihn
perlmutartig mit allen Nuancen der Schattierung
wider. Es wirkte außerirdisch.
´Diese Stimme`, dachte Melanie und hoffte, mehr
davon zu hören. „Ich weiß nicht. Was glaubst
du?"
„Ich glaube nicht an Zufälle." Er versuchte,
seinen Arm um sie zu legen. Sie wich
erschrocken zur Seite. Hastig fuhr sie fort:
„Mein Großvater erzählte mir, dass meiner
Mutter auch schlimme Dinge passiert wären,
hätte er nicht …" Sie stockte, wusste nicht, ob sie
Richard heute Abend die privaten
Familiengeheimnisse verraten sollte. Dann fiel ihr
Blick auf den Ring und ein Gefühl der
Schuldigkeit kam hoch.
„Was?", riss Richard sie aus den Gedanken.
„Die Umstände, halt!"
„Wie?"
„Gut, dann von Anfang an", erklärte sie, „als
meine Mutter gerade 17 war, so kurz vor dem

Abi, hatte sie …" Melanie sah Parallelen und pausierte.

„Was hatte sie?", wurde er ungeduldig.

„Du musst verstehen: Ihre Schule war damals noch nicht offen für einen Austausch im großen Stil, wie bei uns jetzt. Da hatte jede Klasse nur einen fremden Schüler aufgenommen. Diesen führte meine Mutter aus."

„Aber einer ist doch der erste Schritt für die Entwicklung!"

„Ja schon, aber es passierten schlimme Dinge!"

„Was konnte ihr denn so Schlimmes mit ihm passieren, außer, dass …" Wieder näherte er sich der jungen Frau in eindeutiger Absicht.

„… außer, dass mein Großvater ..."

„Dein Großvater?"

„Du kennst ihn nicht. Er war immer schon sehr, sehr streng. Er verbot ihr mit dem fremden Schüler auszugehen."

„So sind Väter nun mal!"

„Das kann ich nicht beurteilen, denn Großvater war der Ersatz. Ich habe keinen Vater. Direkt nach meiner Geburt hatte sich meine Mutter von ihm getrennt. Er konnte ihr nicht das geben, was sie glaubte, in der milden Frühlingsnacht verloren zu haben."

„In welcher Nacht?"

„In der vor 29 Jahren. Wovon reden wir eigentlich die ganze Zeit?!

„Entschuldigung!" Er strich ihr vorsichtig über den Arm.

„Schon gut", lächelte sie Richard an.

Ein Bild von einem Mann stand schüchtern da, schaute sie verlegen, ja verliebt an, als würde er ihr alles geben wollen, sogar insgeheim die Sterne vom Himmel holen. Ihr schlechtes Gewissen machte sich breit. Sie betrachtete das Schmuckstück an ihrem Finger. Ein breiter Silberring mit flachem Rand strahlte in den Abendhimmel. Mittig in einer Mulde schwebten dunkelblau bis schwarz wie magisch vereiste Gesteinssplitter in ihm. Je nach Lichteinfall zeigten sie märchenhafte Landschaften, Glitzerkristalle und einen Hauch von einem Gasgemisch. Um den Mittelpunkt herum kreiste ein grünes Band aus platinartigen Metallfäden in unterschiedlichen Helligkeitsstufen. Geschweißte Verbindungsnähte waren nicht zu erkennen. Bezaubernd reflektierte der Ring alle

Lichtstrahlen. Ob es die der Straßenbeleuchtung, die der Sterne oder gar Strahlen aus eigener Kraft waren, war nicht auszumachen. Er faszinierte sie.
„Wo hast du den her, Richard? Das ist sicher eine Sonderanfertigung. So einen Ring habe ich noch nie gesehen."
„Das ist ein Abbild des Saturns, ein Abbild des mächtigsten Planeten. Du wirst es sehen. Seine smaragdgrünen Ringe bestehen aus unzähligen kleinen Teilchen von Wasserkristallen oder vereistem Gestein. Sie umkreisen ihn in hoher Geschwindigkeit und fangen wirklich an zu leuchten, wenn es so weit ist."
„Das ist doch ein Trick. Du kannst mir viel von Planetenmagie erzählen." Sie glaubte ihm nicht, fühlte sich von ihm wie ein dummes Kind behandelt und zweifelte, ob es richtig war, mit ihm auszugehen. Ihre Zuneigung verblasste, sie wollte den Ring gerade abstreifen und zurückgeben, da hauchte ihr Richard ins Ohr: „Melanie, bitte nicht! Bitte glaube mir! Behalte den Ring noch eine Weile. Du trägst ihn erst zu kurz. Nur für heute Abend. Mir zu Liebe. Tu mir den Gefallen! Bitte!"

Die junge Frau sah den Dackelblick und gab nach. Das Schmuckstück machte sich gut an ihren schlanken Fingern, schmeichelte der zarten Hand und war so schön außergewöhnlich. Warum sollte sie es also für die Zeit mit Richard nicht tragen? Es war sein letzter Abend hier und dann würde sie ihn nie wieder sehen.
„Bitte, willst du mir noch von deinem Ereignis erzählen?", lenkte er ihre Aufmerksamkeit.
„Ja, gut! Mein Großvater hatte meiner Mutter strengstens verboten auszugehen. Sie schlich sich damals heimlich aus dem Haus, um ihren Austauschschüler zu treffen. Opa kannte seine Tochter und folgte ihr. Im botanischen Garten neben dem Ententeich erwischte er die beiden, wie sie auf einer Bank saßen und der junge Mann ihr auch einen Ring an den Finger steckte."
Melanie stockte. Fabrice berührte sie.
„Was sagt deine Mutter zu dem Vorfall?"
„Sie selbst will nicht mehr davon sprechen. Das einzige, was sie mal erwähnte, war, dass sie die wahre Liebe in jener Nacht verloren und dieses übermenschliche Gefühl nie wieder gespürt hatte. Sollte mir ein Mann einen Ring an den Finger stecken, sollte ich genau überlegen. Ich soll mir

zuerst den Mann anschauen, ob er wie ihre große Liebe ..."

Sein Dreitagebart zuckte. Er benetzte die Lippen und hauchte: „Wie wer, Melanie?"

„Sie sagte, dass ich seine Ausstrahlung im Auge behalten sollte ... vom Ring, meine ich. Sieh nur." Nicht nur die äußeren Ringe des Schmuckstücks glühten smaragdgrün, sogar der Kern fing an, aus sich heraus zu strahlen. Melanie versank in dem außergewöhnlichen Ring. Warm wurde ihr. Wie in Trance sprach sie weiter: „Er leuchtet. Schau, Richard!" Ihre Knie wurden weich.

„Angenehm!" Er nahm sie in den Arm.

„Sollte ich mir sicher sein, dass es sich um ein ganz besonderes Wesen handelt, das mich verzaubert." Sie blickte ihn verträumt an. „Läge es einzig und allein an mir zu entscheiden. Dabei wäre es egal, woher der junge Mann stammt von hier oder vom Mars."

„Melanie, vom Ssssaturn", flüsterte er ihr ins Ohr.

„Meinetwegen auch vom Saturn."

„Wenn sie dir das geraten hat, ist das doch wunderbar für uns!"

„Sie würde nicht den Fehler meines Opas nachahmen. Zu schlecht hatte sie sich selbst damals gefühlt. Auch heute bereut sie es noch."
„Und wie fühlst du dich?" Richard schaute auf das leuchtende Ziffernblatt seiner Armbanduhr. „Es ist gleich so weit."
„Was ist soweit?"
„Wir stehen hier nun schon fast sechs mal zehn Minuten am Abflugkanal. Also nicht ganz eine Stunde. Alle 14 bis 15 Jahre schneidet unsere Ringebene die Erdbahn nur für weitere zehn Minuten an unterschiedlichen Stellen des Landes. Dieses Mal wieder in Paris. Die Kreise des Gasriesen sind dann im Weltall nicht mehr zu erkennen, sondern leuchten nur noch an den Schmuckstücken. Die eigentliche Vorbereitungszeit für dich ist fast abgelaufen. Du solltest dich jetzt langsam entscheiden!"
„Was meinst du: Abflugkanal? Entscheiden? Vorbereitungszeit?" Hastig entschlüpfte sie seinem Arm. „Jetzt redest du auch von Planetenmagie. In den Nachrichten brachten sie heute schon einiges. Mutter und Großvater hatten sich den Bericht im Fernsehen über das bevorstehende Weltallereignis angesehen. So

etwas wie Krieg der Planeten. Wer greift sich die meisten Erdlinge, um seinen eigenen Planeten weiterzuentwickeln, kam bei mir an. Anschließend haben sie mich mit ihren fürsorglichen Warnungen bombardiert. Wobei mir meine Mutter mit Tränen in den Augen eher Ratschläge, mein Großvater hingegen nur Verbote erteilt hatte."

„Wie bist du dem entkommen?"

„Ich bin einfach ´raus, rief meinem Opa im Türrahmen entgegen: ´Werde schon nicht dasselbe machen wie meine Mutter! ` Er antwortete: Dasselbe geht nicht mehr, das hatte ich verhindert. Du machst aber auch nicht das Gleiche, hörst du!"

„Womit der alte Mann doch Unrecht hat, oder?"

„Natürlich hat er Unrecht. Er hatte damals auch Unrecht, meine Mutter aus den Armen ihres Austauschschülers zu reißen, den Ring in den Teich zu werfen und sie heulend nach Hause zu schleppen. Sie hat ein volles Jahrzehnt danach noch getrauert, bis sie sich für zwei mickrige Jahre vergebens meinem eigentlichen Vater hingab. Jetzt lebt sie im Grunde genommen allein auf dieser Welt. Mit mir und meinem alten Opa, natürlich!"

„Das ist schon ein bisschen hart. Das wünsche ich uns beiden nicht für heute Nacht! Das wäre echt übel!"

„Übel war, dass ihre engste Freundin in der gleichen Nacht auf mysteriöse Weise verschwunden ist und nie wieder auftauchte. Meine Mutter behauptet immer noch, der Fremde hätte jene nur als Ersatz für sie selbst genommen und wäre mit ihr auf einen anderen Planeten geflogen. Dank meines Opas ist ihr diese Chance vermasselt worden. Meine beste Freundin mit ihrer eigenen Lust auf Abenteuer behauptet hingegen, dass die Freundin meiner Mutter mit ihm einfach durchgebrannt ist und sich aus Scham nicht mehr meldet."

„Vielleicht ist das der Grund, warum deine Mutter dieses Rendezvous in so schmerzlicher Erinnerung behält, sich nicht mehr verlieben konnte und dir mit guten Ratschlägen etwas Schöneres wünscht!"

„Vielleicht!" Kalt wurde es ihr, als sich Richard von ihr abwandt und sich umblickte.

„Melanie, spürst du schon dieses Kribbeln in deinen Beinen, als würdest du von einem fliegenden Teppich emporgehoben? Als würde der Boden unter deinen Füßen weich und du könntest dahinschweben?"
Sie schaute ihn amüsiert an und schmunzelte über seinen witzigen Charme, mit dem er sie aufmuntern wollte, und suchte seinen Blick. Die schwarze Pupille schimmerte wie ein Planet, Saturn vielleicht, der von einem magisch grünen Hauch umkreist wurde. Sah er auf ihre Hand? Spiegelte sich der Ring in seinen Augen?
„Du, Richard, meinst du, die Mädchen dort hinten haben heute auch ein so wertvolles Schmuckstück bekommen - wie ich von dir?"
Sie versuchte, das platinverzierte Silberding mit den Fingern der anderen Hand zu drehen. Es saß felsenfest und strahlte. Heiß war es nicht.
„Ich kenne doch meine Leute. Und die magische Wirkung, die von den Ringen des Saturns ausgeht. Sicher haben einige deiner Freundinnen auch ein Schmuckstück mit echten Gesteinssplittern aus Wasserkristall bekommen. Zwar nicht dasselbe, aber das gleiche."

„Nicht dasselbe, aber das Gleiche! Blöder Spruch, wie von meinem Großvater. Ich will jetzt nicht an ihn denken!"

„Denk an deine Mutter! Ich zitiere: Solltest du dir sicher sein und die Vorteile für dich erkannt haben, liegt es einzig und allein an dir zu entscheiden. Ihre Einstellung ist mir viel lieber. Vermassele es nicht!"

Er sah Melanie lächeln und beugte sich zu ihr herunter. Sein Bart kitzelte ihre Wange, dann ihren Mund. Ein Kribbeln jagte von der Lippe bis hinein in ihre Zehenspitzen. Wie elektrisiert durchfuhr ein Schauer ihren Körper. Die Frühlingsmilde weckte Gefühle in ihr, die sie nicht zu beschreiben vermochte. Richard ergriff ihre Hände und zog sie eng zu sich heran. Das Funkeln des Ringes hüllte beide in einen smaragdgrünen Rausch. Sie gab auf, sich von ihm zu befreien. Sie wollte ihn plötzlich nicht mehr hergeben, egal was geschehen würde. Sie konnte sich dem unerklärlich sinnlichen Einfluss von Richards Leuchterscheinung nicht mehr entziehen. Ein Anflug von vollkommener Geborgenheit durchströmte Melanie, als er seine Arme fest um ihre Schultern schloss. Sie

schmiegte ihren Kopf an seine Brust und betrachtete die anderen Pärchen auf der Brücke, die ihnen gleichtaten. Eng umschlungen hüllte warmer Wind sie ein und strich ihr sanft die blonden Haare aus dem Gesicht. Sie sah einen kleinen, leicht untersetzten jungen Mann auf sie zu rennen. Richards Atem spürend überkam sie das Gefühl der Freiheit, Größe, Selbständigkeit.
„Und, Melanie", flüsterte ihr Richard zu, „bist du soweit? Willst du?" Keine Sekunde früher oder später hätte sie antworten sollen. Jetzt war der entscheidende Zeitpunkt. Wind kam auf und strich über die Seine.
„Melanie! MEEE-LAAAA-NIE!"
„Fabrice? Fabrice!" Sie riss sich aus Richards Umarmung und rannte. Richard folgte ihr. In der Nähe einer einsamen Frau mit Hundeleine erreichte er sie, zerrte an ihrem Arm, rutschte ab und umklammerte nur noch ihre Hand. Sie riss sich los und verlor den Ring dabei.
„Melanie, ich wollte dich nicht verlassen. Ich liebe dich doch. Bleib bei mir. Dein Großvater dachte, es sei besser, dir eine Pause für die Abiturprüfung zu geben."
„Mein Großvater! Was denkt der sich?"

„Er denkt, du bist auf dem Weg, den größten Fehler deines Lebens zu machen und ist mit deiner Mutter zum Jardin des Plantes gelaufen, um dich im Park davon abzuhalten. Ich habe beiden versprochen, dich hier zu finden, egal wie lange es dauert. Ich bin ihnen so dankbar, dass sie mich angerufen haben. Melanie, nichts kann uns mehr trennen - auch dieses Abi nicht!"
Er nahm sie in die Arme.
´Kein Adonis! Aber mein Held!`, schwirrten ihre Gedanken. Sie sah sich um.
Richard war verschwunden. Und auf mysteriöse Weise verschwanden an diesem Abend auch alle anderen Austauschschüler ihrer Oberstufenklasse. Mit ihnen vermisste man genau wie vor 29 Jahren zwei, drei Mädchen, darunter ihre beste Freundin und eine Frau, deren verstörter Hund Tage später ohne Leine an der Seine eingefangen wurde.
Die nächsten Nächte waren kühl und sternenklar. Am Himmel leuchtete ein Planet besonders stark. Streckte man ihm die Hand entgegen, waren seine smaragdgrünen Ringe zum Greifen nah und doch unendlich weit entfernt.

Ich hoffe, dir hat die bunte Mischung meiner
Kröskenskisten gefallen.
Mit dem Ausblick auf

Band 3

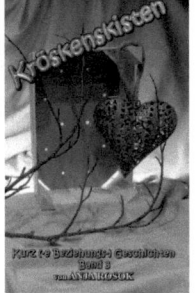

bedanke ich mich für deine Leselust.
Wenn du willst, empfiehl meine Bücher weiter.
Ich freue mich.

 -lichst

Anja Rosok

Quellenhinweis

Die smaragdgrünen Ringe des Saturns
Erstmals erschienen zum Saturnjahr: Smaragd Saturn, (Michael Milde Hg.), Wunderwaldverlag-Verlag, 2010.
2011 für den Phantastik- Preis nominiert.

Das Cornard Küken (Romanauszug aus: **Gabor Gay**)

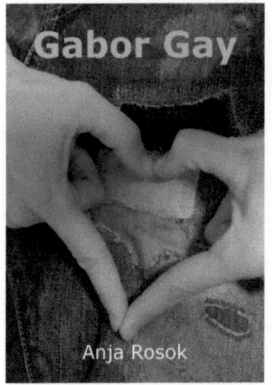

„Hier ´rüber! Flanke! Gib ab!"

Der Morgen beginnt fair –
bis diese blöde Bemerkung fällt
… und dann die Sache unter dem Torbogen.

Mit wem kann er darüber reden?
Warum weiß seine Schwester davon?
Was weiß sie genau?

Je mehr Gabor darüber nachgrübelt, desto mehr verstrickt sich sein Umfeld.

Was ist, wenn man anders ist, als andere meinen?

ISBN: 978-3-7481-1153-5   auch als *e-book* lesbar

In dieser Reihe erschien bereits

Kröskenskisten Band 1

ISBN: 978-3-7494-0928-0

auch als *e-book* lesbar

Weitere Romane der Autorin

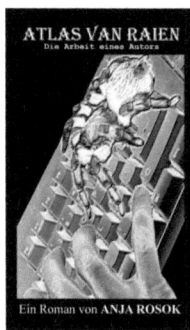

ATLAS VAN RAIEN

Die Arbeit eines Autors

Ein fantastisch gesponnener Roman, der zahlreiche Phobien in sich bündelt. !!!Genre-Crossing: Belletristik, Fantasy, Thrillerkomödie mit einer Prise schwarzem Humor.

ISBN: 978-3-7481-5000-8

auch als *e-book* lesbar

Eine bewegende Reise durch das rote Zentrum Australiens mit all seinen Schwierigkeiten, Gefahren, Mythen und Emotionen.

ISBN: 978-3-7481-3322-3

auch als *e-book* lesbar

An Eldemirs Stand für magische Weihnachtsbäume dürfen Kinder ihren Baum aussuchen.
Was passiert, wenn Erwachsene es besser wissen?

Eine zauberhafte <u>Adventskalender</u> – Geschichte zum Mitgestalten, fürs tägliche (Vor-)Lesen, in <u>24 Kapiteln</u>

ISBN: 978-3-7481-5000-8   auch als *e-book* lesbar

* Bilinguale Bilderbücher *
bilingual rhyme picture stories

... vom Größerwerden und Mutigsein.

... über das Anziehen verschiedener Kleidungsstücke.

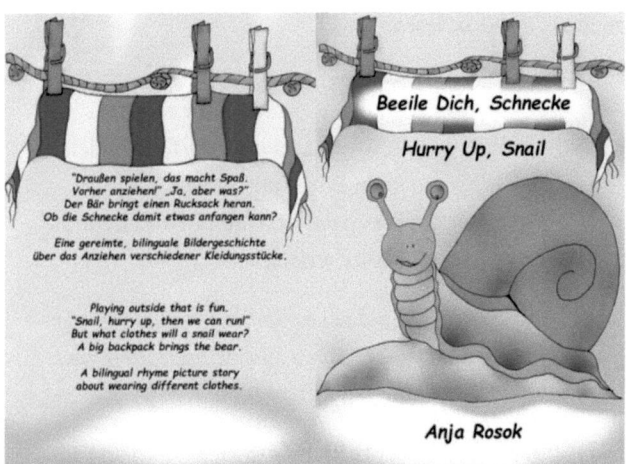